¡Feliz cumple

por John Serrano

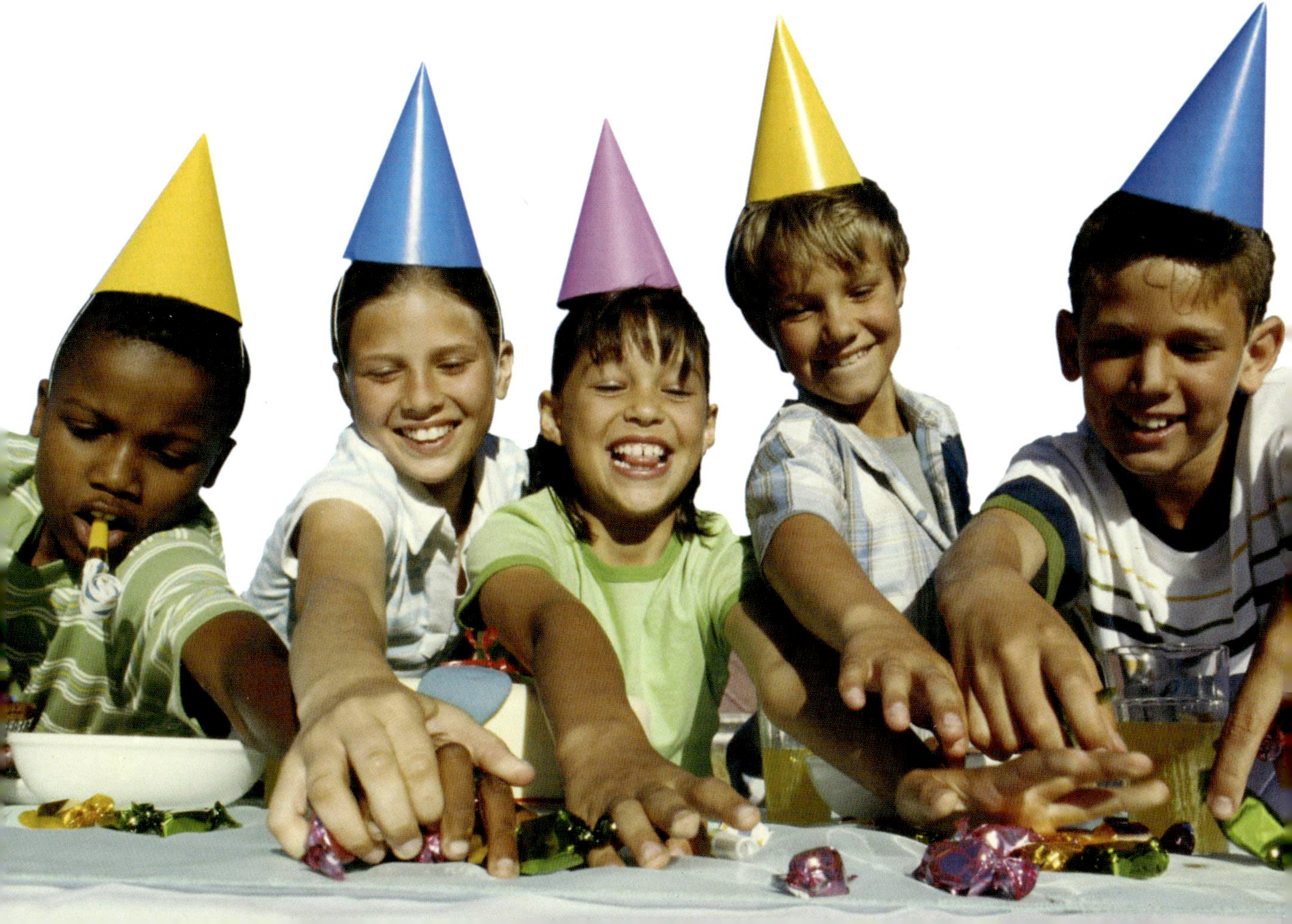

Todos tenemos un cumpleaños.

Birthday

Este niño está celebrando
su cumpleaños.
Él cumple un año.
Su pastel tiene una vela.

Esta niña está celebrando su cumpleaños.

Ella cumple cinco años.

Ella sopla las velas.

Este niño tiene una fiesta de cumpleaños.
Él cumple siete años.
Él juega con su familia.

Esta chica tiene una fiesta
de cumpleaños.
Ella cumple dieciséis años.
Sus amigos vienen a su fiesta.

Este chico está en su trabajo.
Él cumple treinta años.
Sus amigos le hicieron un pastel
de cumpleaños.
Él cortará el pastel de cumpleaños.

Esta señora cumple ochenta años.
Ella también tiene una fiesta
de cumpleaños.
Ella baila en su fiesta.

Todos tenemos un cumpleaños.
Los cumpleaños son divertidos.